ドールハウス

海東セラ

思潮社

ドールハウス

海東セラ

思潮社

装画＝本田征爾
装幀＝思潮社装幀室

風にのってあがればまたここへもどってくるかもしれない

下廻り階段*

玄関ホールの右端から鳥が尾羽をひらいたかたちで、階段はくるりと方向を変え、上る背中はその先を思い、冬はこごえて、窓はありませんから電気をつけて。上りはじめの4段だけみんなかたちが違い、微調整された長さと角度が全体でひとつのカーブを担っています。1階から2階へ、階段の遊離はつのり、ひとりはひとりをもとめ、ひとりは窓から外を眺めに、別のひとりが本と筆記具を持ちこみ、もうひとりは布を広げるために。風は1段ごとに違う景色を誘い、廻りこんでみるとだれもいません。上れなくなっても夢想はやまず、小さなひとを座らせたりして。ひとりは淡々と、ひとりはあわてて、やがて別のひとりに替わって嚙みしめながら、そしてひとりは落ち着いて、けれどもついに上らなくなります。せまくて急で手摺りも滑り止めもなく、ひとりがたまに足を滑らせて見うしない、下から

3段目の弧をえがいた段板で止まると、意識は遅れて降ってきます。いったいどうして？　ほかに落ちるひとはいないのですから、もういちど巻きもどしてみなければわかりません。ひとりは軽やかに、ひとりはそっとたしかめて、ひとりはまだ下りてきませんけれど、ひとりはゆっくりと軋ませて。

*「歩いて他のレベルに行くことを可能とさせる水平の段のつらなりからなる構成的要素」と階段を定義するのは『図解　すまいの寸法・計画事典』。階段の形状には上下階を直線で結ぶ直進階段、踊り場を設ける折り返し階段、L形やコ形の折れ曲がり階段、一本の柱を軸に踏み板を設けるらせん階段などがある。直進階段では、間取りの都合で上部や下部を直角に方向づける場合があり、上廻り階段、下廻り階段と呼ばれることもある。

床

日常の細部をアラベスクが占めていることに、うすうすは気づいていて、ガラスのコップや魔法瓶や琺瑯の鍋の模様が、このごろは怪しく這いまわっているのです。はじまりは台所の床のえび茶色のクッションフロア*だと思われ、いちめんインパクトのある夥しい模様で構成された、こんな独特の柄が商品として流通するのは、ペルシャ絨毯への願いごとでもあるのでしょうか、黒い線の内部に八角形、さらに内側には雪の結晶の稠密さで幾何学的にデザインされた花、すべて対称に配置された同じ方眼のモティーフが縦横整然と並んですみずみまで占めている、ということはいわばアラベスクを足裏に置いた日常なわけで、台所の床における重厚にめぐらされた思索を批評することばも持ちませんが、弾力あるビニル製のひやりとした感触から覗く図柄が気になるのは、住まいのなかでもいちばん長く肌に触れているのが床だから。もともとは安っぽい合板パネルだったのに、わざわざ貼り重ねられたのです。一石二鳥の汚れ隠しだとしても、だれかの遠い記憶の底に秩序正しく厳かなアラベスクが眠っているのでしょう。絨毯へのあこがれは瞬時に遠く飛べること。たった1枚の布が宙に浮くという簡便さにも汎用性があり、細密にプリントされた、一見立派そうな床材もまた例外ではありません。安価に大量生産されてどの床にも張り替え自由。水撥ねも油汚れもさっと拭けばもとどおり。ここには総柄であることの目くらましがあり、永遠につづく同じ模様はどこで切っても継ぎ足しても支障ありませんし、多少の染みやへこみなら前後左右の花が錯覚させてくれます。その桝目に沿って小さなひとが玩具の列車を走らせたり、家族の身に着けるものがなんとなく幾何学パターンに陥りがちなのは、きっとアラベスクと無関係でなく、気がつけばカーテンや玄関マットも幾何模様に覆われ、蔦が蔓延るように、これから決める壁紙にも反復は起きるでしょう。床はときに氾濫し、足の踏み場も居場所もうしなわせます。ひとは、上に立って優位にあると思っていても素性や世界観から覆される可能性は高く、それは壁や天井にはない床だけの特質です。せまい台所にダイニングセット、冷蔵庫、ミキサー、天火、電気釜などが領域を増やすにつれ、戸棚やレンジ台やワゴンで床はひしめき、目が慣れるよりも先に、目に触れる面積が減ってゆきます。せめて寡黙な足の裏で真実を感知して、ぬくもりも虚栄も見逃しませんように。

＊クッションフロアはエンボス加工やプリントを施した塩化ビニル製床材で、衝撃吸収性、施工性が高く、水回りを中心に普及した。当初アメリカ製を輸入し、国内生産開始は70年代初めから。床の仕上げにはこのようなシート張りや板張り、置敷き仕上げの畳や

カーペット敷きもある。多木浩二は、日本と西洋との生活上の身振りや空間形式の違いは「なによりも床につよくあらわれている」と記す。古くは土間だった床が板や畳で持ち上げられたことで分節が生じ、床が出来事のための場所（舞台）になったと。

プリズム＊

季節になると指輪売りがやってきて家のなかは空っぽになりがち。誘われながら片手を差しだし、木の芽時に腫らした目鼻も忘れてしまいますから、窓外の空は底なしで指輪の輪は広がるばかりです。金属よりも石が好き。巧みにカットされた青い石を掲げ、台所の窓を開くとマーガレットが咲きだすころ。清楚な花は風に揺れ、その家のあの子は好きと嫌いを占った後には必ず手を洗いますけれど、台所の窓から、そこはかとなく匂いは入りこみます。

ひかりと影と風、すべてを得たい窓は矛盾に満ちています。指輪売りに誘われてふっくら白い指を伸ばし、ひかりをまとえばひかりに眩み、窓へ窓へと体を移動させるうちに、前庭いっぱい広がった花をお隣のおばさんが摘みにきました。窓越しに機嫌よく返事して、だれかに何かをあげる快感にひかりはもっとあふれます。年々増えて咲き群れる、花の数だけ陽のふりそそぐ家で、顔を赤らめるのはあの子だけ。あの花の匂いは、あれに似ている。

風がするたしかな仕事とは戒めのために窓を震わすこと。けれども開け放したとたんに窓同士は通じ合い、心地よくいくつもの指輪が選ばれるとき、家のなかは本当の空っぽ。風がひかる、それは風がひからせるのですが、遠くにひるがえるものに血を騒がせて狙いを定めるのは赤裸々です。石って人間の体のどこかから採取されたものよ。指輪売りの男はおもて向きは紳士的ですが、アタッシュケースを細目に開けたままで、すぐには指輪をとりだしません。

お向かいのオウムは一日中おはようをいいつづけ、草ぼうぼうの裏のコーポラスは昼も夜もなく微睡むばかり、窓の時間は当てになりませんが、指輪売りは決まって午後の襞を訪れます。あくび混じりのドアの向こう、まだ見ぬ青い石は冷たくひかってなんて綺麗でしょう。精緻なカットが影を踊らせ、窓辺は海に変わります。まぢかで息を吹きかけて、かたっぱしから鳥に変えてみたいわ。あの子の瞳は鍵穴をくぐって、生々しい花の匂いに虹彩をひろげます。

やがてひかりに飽いて、得るものがないと嘆くのも自由。ある朝カーテンが野いばらで、食卓の椅子が流木だったとしても、信じる場所にもどるのは麗らかな窓のおかげです。あとかたもないことはあったことのしるし。つねに新しさが注がれる窓は古びることも携えて、紫外線を見る鳥だけが指輪売りのゆくえを知っています。ありあまるひかりに吸われながら日々の湿りは遍くふやかし、すっかり太くなった指に気づいたときに、嵌めた指輪はもう抜けません。

＊プリズムとは平滑な2面以上を持つ透明な物体で、光を屈折、分散、全反射させる。これを用いた分光実験により、自然光が、異なる反射率の多色で構成されていることを発見したのはニュートンで17世紀のこと。19世紀には赤外線、紫外線も発見されるなど光の研究、応用は進む。住宅分野では近年、光の波長域ごとに透過と遮蔽を選択する窓ガラスも普及、光と熱の出入りは調整される傾向にある。「悩ましいのは、特に熱に関して私たちの要求が夏と冬で逆転することです」〔AGC Glass Plaza〕。

砂壁

砂壁の部屋に帰ったひとは胸に手をあて、ふりかえるたびに湿り気のある藍の砂が畳の隅に溜まってゆくのを見ます。剝がれ落ちる砂はひとみしり。よそからよそへ、払い落とそうとする愛はあるのに。わかっているのに爪を立て、ざらざら胸の内側でもこぼれますから、剝きだしになった下地板からそろそろ新しい自分が生まれたがっています。さっぱりと仕立てた明るい壁であれば夜も怖くないのでしょうが、天然の砂を藍色に染めて合成の糊で固め、たまにきんきらの繊維も混じります。のっぺり薄い間仕切り壁*を鏡やポスターで飾りたてては、寄りかかっても逆立ちしてもどこかここでないところを思わされ、耳をすますと潮騒です。つづら折りの崖を下るにつれ鮮やかな海はつぎつぎ青を転じ、足を踏み入れるとすぐに色をなくして、底知れぬ藍の反転に四囲を奪われます。家族で遊びにいく岩石海岸は纏わりつく砂のないことが好まれ、大きな鉤爪に支配される断崖の空も同じ色を秘めています。遠くの岩まで貝を探しにいったひとはなかなかもどってきません。枯れ枝を集めて待ちわびて、お昼過ぎにはあわく高い火を囲んで燃やし、家路につくとみんなうっすら血を滲ませています。がらんどうの夜の砂壁に火照りをあずけるひとは、灼けた肌から半透明な皮が虚ろに浮き上がってくるのを見ます。蛇のように、古くなったものをみんな脱いでしまいたいのですが、さかいめを波打たせて夏の火はひりひり消えなずみ、少しのかたまりを保持しながら、ここでないどこかへ。つながらないようでつながっています。藍の壁にはもどれなくても。

＊ロラン・バルトは日本の部屋を「あたかも部屋自体が一筆書き

で書かれでもしているかのような」ものだという。「床に敷かれた畳、のっぺらぼうの窓、ふすまと区別のつかない黒枠の間仕切り壁」などのいっさいが《特徴線《トレ》》であり、同時にそれは見せかけだけのものとなっていると。「間仕切り壁は脆く、穴があきやすく、ふすまの壁はすべりやすく、家具はすぐにも取りかたづけができるものとなっている」。日本の部屋のなかには《幻想《ファンタジー》》そのものが見出されると記す。

デッドスペース*

だんだんと上ってゆく階段の裏側が階段下の小部屋にあらわになり、剝きだしになったその部分は、ふいに現れて消える鳥の後ろ姿に似て、支えられてあるのか吊られてあるのか、解けない謎があるとしたら階段の自立についてですけれど、どことなくリズムのようであり詩のようであり、こうして2階の精神性は日ごと夜ごと漂いつつ形成される一方で、階段下の余白はすぐ動線や陽当たりの事情をまぬがれ得ぬものとなり、お風呂場の湿気が流れこめば陰気さをおび、ひとが増えると使いにくさがつのり、見えて隠れる、階段のその部位に頭をぶつけてしまうとき、余剰のうれしさより削られた空間への無念がもたげることこそが、潜在する階段の犠牲性といえますが、気にとめられることなく棚は吊られ、箱状のグッズ類やすきま家具であふれても、さらに必要は生じ、空間という空間はとりあえず有効活用されねばならぬものでしょうか、透明な壜に詰めたものや、まだ湯気の立つものも並び、「とりいそぎ」や「ねんのため」が重ね置かれぶら下げられ、白いトランクだって待ち焦がれていますから、余白だった場所が部屋のすべてにおよぶ、これら渾沌は住まうひとらの表象とおぼえるべきで、余剰の生かし方は殺し方であることを、埋もれても埋もれずに中空をよぎる階段は示唆するのかもしれず、そうこうするうちに2階に育まれたひとが、蟻の巣観察キットで飼育をはじめたのも階段下のできごとでしたが、道すじを作ってせっせと運んでいた主体ごと、みんなどこかに死蔵されています。

＊「近年、生活用品は増える一方であり、立体的に空間を利用したり装置を使ったりなど収納の仕方を工夫することや、これまで

デッドスペースだった場所を有効に利用することを考える必要がある」(『図解　すまいの寸法・計画事典』)。デッドスペースとは「狭い、不整形、環境が悪いなどの理由により利用しづらい空間」(『建築大辞典』)。室内では構造や設備や敷地の形状的理由などで生じ、住み手の意図や創意で家具や物の側の配置を変えることで、動かせない対象との関係を構築することになる。

窓辺だけの部屋

"Hope" is the thing with feathers —

朝のひかりが射しこむのは窓*があるためだけど、べつだんひかりを求めるわけでもないと斜に構えていることこそすでに奔放に伸びた自我の茎のせりふだし、外に向かって伸びるべきものが内に向いたり折れ曲がったり、あのときことばがあってよかったのは曲がったさきにないものを見破ってくれるためで、何ごとかを書きつけるうちについ窓枠を踏み越えて、と千鳥はいうのです。

春のあの日、わたしは立たなければならず、そう決めてことばをつむいだのだから、ノートに書き留めるのはあなたがみちてゆく時間のことですし、わたしが発することばは窓を超えて羽ばたいてかまわず、窓辺で受けた佳いものを渡そうとすればおびただしく舞い降りてきますが、許したくないことには毅然と鎖して面会謝絶するだけの、窓辺にはこんな力もあるのよと、みちるはいいます。

与えられたものに反応して染めわけられると、まるで自分というものがないみたい、恨みつらみものってくるし、どうしてもだれかのかなしみを救えないのは見て見ぬふりをすることに似て、自分というものが好きで嫌いなことさえたどたどしく写される、そんな片割れの冬の紙片を葬りたいので、音楽を聞いて過ごす窓辺ではひるがえるリボンみたいなことばに逆にあこがれる、そう千鳥は笑って。

ひとはたいてい気づかずに、つながらない断片を抱えあぐね、このように窓辺にいても外をめざすことも留まることもできず、どっちつかずのわたしを免罪することになるのなら、すぐにもここを出て行くべきでしょうし、なぜならともに断絶を負うことを契約済みの透明な午後の窓はわたしを真似て、陰影に沈んではギラギラと怒りをたぎらせるのですもの、とみちるはいうのです。

書きかけのノートも投げだした楽器もそのままで、ほんとは決めなければいけないのに初夏の緑を吸いこんだり遠くの屋根を眺めやったりいつまでも、汚れていない掌に載せたままの紙のものを風にそよがせるだけだなんて根元のないことだし、この屈折をどう燃やせばいいのか、ことばを道具にしたことはなく、ただ、そこに自分がいるだけなのに、と千鳥はいって。

わたしがわたしを超えるとしたらあこがれをけむりにするときでしょうけれど、それはかならずしも届くわけでなく、残り香のようにうす青く広がって、あなたもまた窓辺のひとであるでしょう、だから記して、夕暮れてゆく1日がこんなにあたたかなこと、芯を点していろいろな窓を訪れる太陽のこと、包まれている、ここにいるだけの窓辺でも真実はたしかに見つけられること、とみちるは笑います。

＊片開き窓、上げ下げ窓、滑り出し窓などの種類がある中で、日本では引き違い窓の設置が多い。安価で左右どちらにも開き、開閉に場所を取らないことも特徴。架構式構造の木造住宅は柱の間が開口部。軽さも求められ、移動する壁が「間戸」（まど）の起源ともいわれる。一方、組積式構造の西欧の家では壁の強度を保つために窓は小さく、前後や上下に開閉し、気密、防犯性が高い。窓は自ずと人と外部との関係を作る。「窓辺を提示すること。荒れ狂う世界に対して、建築が出来ることは、これしかない」（内藤廣）。

ドールハウス＊

ふり向いてごらんなさい、背後はどこまでも開かれている、
ここはあらかじめ不完全にオープンな部屋です。

銀色のパッチン錠が外されるとドレスも靴も飛びだしたがるので、ビニールのどこか甘いにおいのする部屋を組み立てて、猫脚のドレッサーもクローゼットもあるべき場所に。縮尺が同じであることで世界のピントは合うはずですが、鍵盤をはぐれてゆく音の狂ったピアノのように、どれも少しずつずれています。簡易にプリントされたカーペットの図柄は端っこほどゆがみ、擬人化は苦手なので舞踏会の予定はありませんが、開かないドアからともだちはやってきて階段を上り、だけどそこにあるはずの子ども部屋はないのですよ。どちらかというと形式からは不自由ですが移動は自在で、壁と床を合わせると白いトランクになるし、大

きな窓の景色も変更が可能です。薔薇のアーチの午後は、まだはじまったばかり。

かすかに胸に触れるメジャーから緊張を解かれると饒舌になりそう。型紙が起こされ布が裁たれ、わたしたちのおそろいのドレスが作られるのです。胸ときめかせ、ポーズを変えて、お茶の場面がはじまります。ビロードを模した発泡スチロールのソファーは持ち運ぶのによい軽さで、心なしかお尻や手足がはみだすのは、きっとおひさまに呼ばれているから。快く化学繊維の髪を遊ばせてベランダの風も誘ってきます。あこがれの窓は洋間をたてまして付けられた白い樹脂サッシですって。サンダルを履いて前庭に出てそれきり、しばらくするとうっかり玄関の引き違いの戸から入ってくるみたいですが、設定が変わるにつれ季節も行き来するので、サンダルが定位置へもどる前にベランダは雪に鎖されています。

夢見られたドールよりも大柄で、ブロンドの髪型が大人びています。包みを開いて期待外れだったのは表情から明らかで、望まれていたのは栗色の髪のドールと真っ赤なハウス。らせん階段を上ると備え付けのベッドもあります。「夢のままでいられない夢」「夢見がちな者の見る夢」。溜息つき合うのはおたがいさまよ。ゴトゴト運ばれて開かれるのはお城の大広間ではなく、せまくて急な階段の下らへんや押し入れのなかですからね。いつもどこかしら頼りない新建材の家は吹雪の日には揺れて、千鳥格子のカーテンから鳥が飛ぶのは、あっという間に。さびしい壁がしくしく泣いて、ひとりのドールはふたりになります。

窓は裏返ってビーチに変えられ、坂道を下りてたどりつくひなびた港は眠っています。おひさまがまわるとお菓子の箱と端切れで仮のベッドは作られ、ドアの向こうの小部屋では電動ミシンの作動音が近づいては遠のいて、縫い上がるまでが午睡の時間です。フリルのカーテンが引かれるか天井ごと閉じられるか、回帰はお約束でも事後の変化には寛容ですから、めざめるとわたしはあなたかもしれません。玄関チャイムが鳴っています。廊下を小走りにゆく足音も声もまどろみに揺れ、瀟洒に見えてもボール紙を芯にした構造はふたしか。ちょっとめくれたビニールの隅から透かし見るうち、眠りに落ちる場所はいつも違っています。

今日がどんな日になるかは開かれてみなければわかりません。

＊ミニチュアの家であるドールハウスが貴族の子ども用教育玩具として作られたのは16世紀ドイツ。日本にも雛人形はあるが「家」の設定は見られず、67年発売「リカちゃんハウス」が、多くの子ど

もにとって最初のドールハウスだろう。当初は日本でも人気のアメリカ製人形「バービー」や「タミー」の家として企画されたが、人形サイズに合わせると家は茶の間いっぱいに。そこで日本の住宅に合ったハウスを小ぶりな「リカちゃん人形」ごと開発、持ち運ぶための取手を付けて遊びの幅が広がった。

天井

あおく透明な羽根がうっすら風をめぐらせて、朝からテレビに向かっている夏休みのまひるま、壁がとり払われてひとつづきになったＤＫの窓からじりじり陽がさしこんで、冷や麦を茹でるための湯はもう煮えるところです。だれも席を立とうとはせず、見るともなしに、ソファーはせいぜい3人掛けでしょうか、汗ばんだ肌を密着させることなく座るには足りず、肘付きの椅子やらオットマン的な何かしらで埋めつくされた居間に暗黙の席はあるものの、固定的なひと以外はその日の気分で腰掛けて、隅っこはどこにだって発生します。鍋の縁から這い上ってくる、片翼の湯気は壁をなぞってサイドボードのガラスを曇らせ、テレビでは大きな局面を迎え、煮えたぎる鍋にふり向くひとはいません。不定形に靄ってゆく沼で夏の青みは遠ざかり、軽さを旨とした吊り天井*の、淡い花柄のクロス張りを眺めるのは隅っこのひと。四方に貼られた大理石風プリント合板に撓みを見つけ、ぼんやり丸みをおびて広がっている、染みも黒ずみも身におぼえなく、日々見下ろされている天井とは盲点そのもの。2階の床が天井でも屋根の傾斜が天井でもよいのですが、たいていは天井板を張ってわざわざ裏側はつくられて、内部結露は夏に生じやすいのです。退屈しのぎに目鼻をつけたり数えたり、どこか福笑いの範疇に入る遊戯性とはうらはらに、生真面目な滴がすきまから落ちて、すでに進行中かもしれません。テレビの歓声のあちらで鍋は蓋をカタカタずらし、ガスコンロの炎を青く立ちあがらせたDKは逆光のまま、重たい湯気を沈ませています。はやく麺を入れなければ。お昼を過ぎているというのに、家のどこにもいません。天井裏に隠してしまったでしょうか。扇風機は首をまわしてだれもいないない場所へ、かしずくみたいに。

＊吊り天井とは構造体から下げた部材に横軸を渡して天井板を吊り下げて設置するもの。仕上げ材や意匠には各種あるが、基本的には上階の構造そのものを天井とする直天井とに大別できる。『建築大辞典』によれば、囲まれた内部の部分を建築ではふところと呼び、「例えば、天井ふところは、床裏と天井で囲まれた天井裏の空間のこと」。配管や配線を収めることも多いこの場所は、設備機器の増えた現代ではダクト類で密になりがち。

屋根裏*

仮の死を生き延びてやわらかな布たちは窓のない部屋で増えてゆくのです。わたしは死ぬことはありません。絹の布は洗って仕立て直して畳まれ、染みひとつ残さず着遂げた姿を縦横に記憶させています。形は時間でしょうか肉体でしょうか。傾斜に潜められながら屋根裏は、あらゆる布がひとに添ってあるというそのことを抱いています。まっさらな布を百年の眠りにつかせ、やわらかな襤褸布をいつも備えている、気室のようなその場所にあたたかな空気が上ると、あらゆる呼吸が親密になり、裸電球に浮かぶのは手の影絵。夏生地の手ざわりをはかり、物差しをおどらせ、鋏を入れて、すばやい針がしつけをかけるとスイッチは押され、電動ミシンが走りはじめます。無心な指先は心根のかたちに揃えられ、角度を保った腕で、ずらさぬように、昂揚のまま。眠りに誘うのはせっかちな針、眠りを護るのは信念の棘。刺繍糸もチロリアンテープも光沢のある裏地もぬくもりを携え、いくつかの生誕が祝われ、死者を葬る日も訪れます。夢想はだんだんみずからを啄んでゆくものですが、それでも秘匿の場所を出入りするのは、みちる日をいっしょに待っていたいから。

*鳥の卵は表面の無数の細孔で呼吸し、孔は鈍端（丸みを帯びた側）に多くある。その鈍端の内側の、卵殻と卵膜のすきまにできる空気の部屋が気室で、卵が成長するに従って生じ、水分調整にも関わる。雛は嘴で卵膜を破ってここから呼吸を始めるという。一方、屋根裏は天井と屋根のすきまに位置するが、気室と違って使い方は住人次第。居室面積として算入するか物置とみなすかについては建築基準法に基づいた自治体ごとの取り決めがあり、面積や天井高、防火材などの条件が定められている。

夜の食卓*

流しの前に窓があり、夜が明けるともう鳴いている鳥のことを知っています。窓から外に出たのは昨夜でした。４つ脚をさかさに滑りだし、橇や舳先であったりしましたが、ただ月が溢れてきただけでひと晩中ここにいたのかもしれません。羽はみつかりません。選ばれてセットで置かれました。影である時間が長いことは家具の特性で、ほんのわずか人間寄りのため、あたわるかなしみもあります。なるべく忠実に垂直を保ち、俯くことをしません。腰かける以外の任を負わず、まっすぐ受けとめることが正しい使用方法。好奇心だってあります。心は痛みます。いつも夢見ていたいけど、乱暴に置かれた大皿の跡は残り、拭きとられずに今があります。実現させてあげたい。床面から思うこと。食べるときせめて平穏無事でいたいのに、今朝も何かが足りなくて平らな面は乱されました。ペンダントライトが揺れています。好きと嫌いを選り分けつつ四角く囲み、バランスが崩れても視界は作られます。凪いでいるのも仕事とはいえ笑い声に運ばれる性質もあり、たまに筏になって漂うのは青いと信じている海へ。前を見て生きる、外に生きる、自己達成に生きる、遠い日を生きる、どの欲望にも抗わず、うずまくものに委ねることが傍らにある祈り。

＊「ランプにてらされた食卓はそれ自体一つの小世界である」(G・バシュラール)。江戸期の食事は銘々膳。床座の位置や高さにも序列があった。食卓を囲む形式は民主主義と共に明治期に伝播したが、住宅事情からダイニングセット普及は60年代以降。代用されていたのがちゃぶ台で、脚部を折り畳んで移動や収納が自在だった。「椅子はなく、人は低い卓子を持ち出し、必要なものは、必要に応じて押入れから取出される」とA・レーモンドは記す。

ミルク

きいろい花のあかるみに、運ばれてくる翅たちの後ろにまわろうとしたのです。ひかりの差配のそとへ、そとへ、翅は移動をくりかえし、庭の花壇を見え隠れさせています。小さなひとりの補虫網がとらえ、逃がさないよう範囲をせばめてうつすとき、やわらかな網をもがきまわる、かぼそい脚たちや陰気な斑紋。指がおぼえてしまったぬくもりを追って、見ることに向かう、見たことの軌跡をあつめています。そうして声に呼ばれて駆けもどり、かたときも虫かごを離さずに食卓のミルクをこぼしてしまったとしても、できるだけ閉じることなく見つづけます。

わたしは冷たい――。半ズボンの裾がつぶやくので初めて濡れていることに気がついて、濡れるという感覚が後からやってくるのは液体に浸食される忘我に体があまいから。

泣いたりしませんが顔を赤らめ強ばらせ、ようやく身におぼえた不快のなかに抗いをとりもどしてのことでしょう、きっとすぐさま濡れたものを脱いで、大切な虫かごを両腕に抱いて、ミルクに浸されないよう爪先だって、目の前のできごとは、すべて虫かごに入れてしまいます。それはもうひとりの記憶のはずなのに一部始終を感じていて、ちょうど古い写真で思いだすように。

*

もりあがったミルクの縁の丸さをながめています。ゆっくり冷たくこらえている、さかいめのところに蹲り、足先が濡れないよう注意深く、目の前をふるえる、みなぎる層はひとみの光沢、なめらかに濃くはねかえし、そこに映された白い部屋の、とびらも時計もカーテンも白く、ひかりも風も白いのです。枝葉の揺れる窓をゆがめ小鳥の空をしずめ、ミルクはいくばくかの虫を溺れさせます。指はこんなに汚れています。気づいたときはもう、うすく届こうとして。はやく着替えを持ってこなければ、せわしなく小さな黒をまたたかせ、翅たちが乾いた音をさせています。

つつましいカーブの縁のあたりで鱗粉は剝がれ、翅脈をあらわに触角で探り、ふれることの怯えに羽ばたきはうつる、その風で虫かごは浮きあがり、目が痒くてしかたありません。翅は音を聴いているってほんとかしら、耳打ちすると背中を見るために首をひねって、その場所からういうい しく開くものがあるのです。翅たちは秋までに何度も生をくりかえします。亡骸でいっぱいになれば、花壇に埋めてあげましょう。空の庭へと。補虫網に手を伸ばしたとたん、後ろから声に呼ばれ、こぼれたミルクは、すばやくしなう麻の白布でふきとられてしまいます。

＊窓のない部屋の壁に小穴をあける。光は直進する性質を持つので、穴をくぐった対角線上の壁に屋外の景色の左右と上下が反転して投影される。紀元前から知られていたこの原理をもとに発明されたのがカメラで、語源はラテン語のカメラ・オブスキュラ（暗い部屋）。投影された像を定着させる技術も研究され、19世紀末にセルロイドを用いて現在の写真フィルムの前身が開発、35年にカラーフィルムがアメリカで発売。日本では70年前後まで白黒写真が一般的だった。

庭

その庭に植えた桜はあまり育ちませんでしたが、つるばら*は濃いピンクの小花を咲かせ、折り返しの季節に香ります。「思い出の花」。ひとりがいうと、「厄介な花」。思いだした者はそう述べます。たしかにそれは、伐るにつれてより繁茂するタイプの植物で、つるのようであり木のようであり、いつのまにか予期せぬ方向に伸びさかって収集つかず、手ごわい棘も行く手をはばみ、ゆえに伐る、という選択がなされるのですが、虐げられるとなお逞しく、翌年にはもっと伸びて多くの花をつけるというイタチごっこのなか、伐って束ねて始末することへ本末が転倒します。「厄介な花」と述べた者はその一部始終に顔をしかめ、そうとは知らぬ者の目には、かたちを持たない植物が、なんとはなしに弧をそなえて前庭を隆起させるように映っていたことこそが前庭なわけですから、自分の庭が覆るものでもなく、「思い出の花」の後ろには戦争があることを知るのです。

戦いとろうとするのか、守りぬこうとするか。庭ほど厄介なものがないことは季節を通して庭の草を抜いた者ならわかろうもので、徒労感と悲壮感はつのり、犠牲になる者も現れます。ひとり、またひとりと守る者が倒れ、絶望して離れていくなら、いっそ所持しない方がよいのではと考えるのは「思い出の花」を慕う身勝手であり、前庭にせよ裏庭にせよ庭というのはちょっとした余剰のどこにでも認識できるのです。「厄介な花」の話を聞かなくてはなりません。奉仕と犠牲は、ほぼほぼ被っており、行為することとなく「思い出の花」を語ろうとする者も犠牲の側に荷担しています。少なくない「無関心の花」が庭の多数を占めているとしたら、思惑から外れた庭になることはたやすく、庭はすぐに目の届かない場所から逃亡をはじめます。

そもそも庭という前提からして疑わしいこと。所有しなければ成立しない庭に出て、毟り残した草に手をかけると、草たちはせめぎ合いに余念なく、似た性質や形状のなかに紛れることは常套手段です。類は友を呼ぶ、は見せかけだけでなく、繁り方さえも似た種類のただなかに蔓延ることが戦略であるので、触手を伸ばすものはひたすらに、共闘するものは網目をつくって、たがいの判別まで厄介にする位置を巧妙に得ます。繁茂を害悪だとするならば、連鎖は疎まれるはずですが、通り過ぎてゆくように見える小鳥らはつぎつぎ種を植えつけて飛来はやまないもの。

眉のごとく勤勉な庭は不変に見えて、細部ではあくなき新陳代謝による取捨がはなはだしく、たまさか規律正しいよその庭に立つと身の隠し場所もないほど。隣家、通り、区域との関わりが増せば社会性をおび、住まいの外観を補助し、景観を負って均され、独自の好みと溶けあったとき、模倣の庭のような、ある種の類似性が庭を超えてゆきます。庭の使い方に目をやれば、思想信条はもとより嗜好性向までお見通しな点については、各所を巡回する押し売りに聞いてみるといいのですが、知らないことはなかったこと。「思い出の花」にできることは繁茂と息吹のうちにつるばらの庭を匿うこと。やがて裏山からキジバトがおっとり朝を告げると、あふれかえる緑は沢を越えて覆いかぶさってきて音もなく、閉め忘れた風呂場の窓からにじりいります。

＊「枝が伸びている姿が「つるばら」の本質」（姫野ばら園八ヶ岳農場）。同園によると、ばらの成長形態は「四季咲き木立」と「つる」に大別でき、「半つる性」のシュラブ・ローズも性質は「つる」と同じ。四季咲き木立のばらは年に何度か開花し、開花は枝の成長を妨げるのであまり伸びずに自立する。つるばらにも不安定に

返り咲くものはあるが、一季咲き品種では開花期以外が全て枝の成長期。伸びる枝先を誘引して庭の主役にできるという。

仮寓

上り疲れて坂の途中でオレンジを囓っています。旅のひとはハンディタイプにできていて、手持ちのトランクに本人さえ折りたたんで仕舞える、手ぎわの良さと簡潔さが信条ですが、ひつじょう、終わったものは捨てます。通り過ぎた後に、トランプの札や煙草のけむりが残され、おおかた精巧な影でした。長い坂道というのもその意味で退屈なものではなく、ひなたの石だたみ、どこかの窓でお皿をあらう母親の声が、近づいて遠のいて、ふいに自分の肌と異なるので恋い焦がれたり、庭に白いシーツの干されてある、となりの午後を、パイナツプル、おおまたで上ってゆけば、チヨコレイト、はるかを歩む、コケコッコの花の隊列、みんな額にくっつけて。

雨の日には傘をさし、ひとりだったはずがだんだん増えてお喋りになり、長靴が脱げるとぽっかりとびだす裸の足がもどり、ちょっと待って。曲がり角のたびにひとり、ひとり、ふくろ小路のアパートや三角屋根に吸いこまれます。えだわかれした道からは、うっすら向こうが透けはじめ、小さなおばさんがハナツメクサを咲かせるころあいです。こんにちは、ふたまたの道。いつも、ほぼ出あいがしらに事件はおきて、ボードゲームで遊ぶ少年が蜂にさされてオートバイのおじさんが転倒、いつまでも手を振り合う恋人たちは、Y字に開いたもう片方の道を、あちらをゆく彼とはとても遠い、坂の上でまたつながるけど遠い、つながろうと思っても道が違えば感情がいるし、望んだり見つめたり、つよさよわさが坂道をつくるので。

おばあさんがひとり、たどりつくまでにもう何度もしゃがみこんで、サボテン模様の洋服の裾を涼しい風が通り抜けます。見慣れた路地の水たまりでとうとつに吠える白犬の尾はあちら向きに振られ、その角でしゅんじゅんしているのは押し売りです。トランクの蓋をあけると定番の、必要なときにないものといえばパジャマのゴムひも。歯ブラシときたら緊急性なく、備えあれば憂いなしとか。そんなことより手に職をつけ、傘の骨やら指輪のサイズ直しなど、役立つひとつも現れますが、押し売りときたらこわもてで、けれど彼のかばんの魅惑的なこと、見せるために不可欠なあれこれきっちり濃やかに、ノックひとつでたずね歩いては、同じせりふが脅したり、ほだしたり。かばんの深さについて想像できません。

西陽の戸を開くと親切な奥さん、あの子を胸に抱いたまま冷たい紅茶を出してくれました。まどろみに誘う氷の音、コップのしずくに映るぜんぶ、汗になったか溶けたのか、屈強な彼にはわからず、浅い帽子を深々かぶり直すと、あまり整えられていない庭先のマーガレットをいちりんむしって、長い坂のつづきを上ってゆくところです。まだまだ家はありますよ。はるか坂の上にも耀く家々が。いつかバスがとおる日を夢見て買われた、まだ新しい家*たちが。

＊庭付き一戸建て住宅を持つことを多くの人が目標とした高度成長期、大規模に造成された「ニュータウン」に、次々と新しい家は建った。国土交通省によると、ニュータウンという言葉は一般用語のために定義づけできず、①昭和30年度以降に着手②1000戸以上または3000人以上の増加を計画した事業のうち地区面積が16ha以上③郊外での開発事業、以上の3条件などで抽出。5年ごとの分析では、ピークは昭和45〜49年度（70年4月〜75年3月）の530地区、49・6千ha。その後減少に転じてゆく。

縁の下

そこが総体としての賑わいも華やぎも載せながら、淀みのある些事に無頓着でいられるのは、信じている姿勢の揺るぎなさによるものです。盲信ということばが示す以上に、みずからも淀みにあることを受け止め、頭上で何が起ころうとも存在することで保たれる公平さがあります。信じるところを信じつづけることはあくびのようなもの。基礎*は垂直に等間隔に打たれて、床下の有効活用にはまだ遠く、外れかけた換気口から迷いこむものによって初めて、外界と共有された、うっそりした空間に当惑するのです。床の上では小さなひとらがウサギ跳びやトンボ返りに余念なく、畳の上で客人と盤上の石を並べるひとの姿も。大きな机で方眼紙に刻んでいる深夜、翼を付け忘れた石膏のトルソは時間について考えつづけて、新聞を広げる日とテレビ観戦の日ではどちらが重いのか。朝から晩まで湯気を立てつつ洗濯物で満艦飾な家は古く馴染んだ下着のようにしっとりと、ひとそのものを真似て写して、おのおのの個室に夜が灯ると漏れ聞こえてくる齟齬や相剋で湿り気は増すので、ときには加重や振動よりもたった一粒の水滴の方が家を揺るがすこともあるのです。すべて支えるのに強度だけでは足りません。縁の下を見ることはできず縁の下が見ることもできず、ちょっと這い入ってみたいところですが、黴混じりの土が鼻孔に沁みると暗がりの奥がじんわり膨らんで、そこはもう、ひとの場所ではありません。何ものかに囓られ、産みつけられて、公平さは冷酷。あるがままの清濁がいのちを分けて、怠惰に見える家が捨てていることを自覚すべきでしょう。中腰になるとわずかな空気の渦が触れてきます。しばらく息を殺して、奥の奥の、あるのかないのかわからないところまで。迷いこんだものがいるならば抱いてやります。さびしい声を拾いあげてやる、雅量はいつだってあるのです。

＊基礎とは建物本体の下部構造で、地盤との間をコンクリートなどで結んで支えるもの。工法にはいくつか種類があり、地盤に応じて選択されるが、布基礎ではT字を逆さにした形状の物を地面に垂直に連続して打ち込み、ベタ基礎では底部全体をコンクリート面で支えて地盤上に舟を置くかたちにする。「基礎はあとから修理ができない」（『図解　建築・大工用語ノート』）ほど重要な存在だが、外に見えないせいか土台と混同されがち。土台とは、基礎に固定して水平に渡した木材をいう。

外壁

目は一瞬でとらえるものの、多くは肌で受け止めつつ、あってないものとして扱うことこそ快適な暮らし。広さゆえにとりかえしがつかず周辺環境からも自由でないことを知ったころには、あまたの罅割れや剝離に深部をゆがませ、もはや壁はわたくしです。その家の外壁はモルタル仕上げ。砂とセメントと水を練り合わせた素材*は、色や質感を天気によって変えてみせます。ひなたの壁に頰を寄せ、体を返して抱きつくなどするうちに、艶やかな影と家が笑いながら崩れ果ててきて、細かなでこぼこなら無数にあるのです。空気をふくむ壁の時間は現実より長く、古くなるほど派生的です。およばないひろがりを背にして、みずからはみずからを探しはじめます。剝きだしの肌は、ざらざら血肉の味を知り、こわばった瘡蓋をゆるめて湿り気のある傷にもどして。奥の方にはやわらかなものも金属のものも眠っています。傷はいたるところにありますが、塗膜のポケットに隠された巣や、日陰に蔓延る苔について口外はしません。裏手に埋めた小鳥は壁によみがえり、雨に翼を広げます。もちろん内部だけが家ではないのです。

＊「お芝居に至る道は、時間のなかの時間を通って続いていた。昼という壁の窪み、それはすなわち午後のことで、そこではもう、ランプの灯とおやすみなさいの匂いがしていたが、その窪みに穴が穿たれたのだった」。ヴァルター・ベンヤミンは芝居見物を許された幼年の日をこう記す。「建物を境界づけあるいは分割し、上方や横方向からの荷重を分担する機能を満たす垂直部材」(『図解すまいの寸法・計画事典』)である壁は案外時間と近しい。外壁は風雨や陽光に、間仕切り壁は生活に晒されているから。

動線

すきまに溜まったわずかな雨水が毛管現象*で内側を湿らせ、そこから生じた腐朽菌が、さらに幅広の道を進ませて空洞化してしまうことだってあるのです。水は抗わずに水の仕事をするだけ。見えるものと見えないものの多重の線が、濃密に複雑に張りめぐらされ、たとえば二重の虹のかかる日は水滴が充たしているのに、それを知らずに、ただ目で悦ぶような、不穏さはつねに潜在しています。いきられる家の動線が統計からはぐれたとしても自由な動きはかけがえなく、いつのまにか壁が抜かれ、ふすま戸が外され、家具に塞がれれば迂路や境界も生じるのはひとのなす仕事。あらゆる線には気まぐれなものも気むずかしいものもあって、ある日その一本をたどってみれば、裏口に常備されてた長靴を履いて、ポリ袋と手ぬぐいを提げてアルミの戸を出てゆくので後を追うことにします。笹やぶを掻きわけ、沢をひと跨ぎして裏山を小刻みに分け入って、カラマツの幹のまわりや落葉のふくらみに視線をやるのを、つかずはなれず見よう見まねに、やがてひとつ見つけて手を添えて採り、つづけざまにわれもわれもと名乗り出る、傘を開いたものたちの根元も、そっと引いてやると、ほのあたたかく指に残って、死んでしまったの？　袋をがさつかせてふりあおぐのも繰りかえしのうち。無数の線をしずめてそれには答えず、もう別の場所を探して素っ気ないほどです。競うように、心おぼえをくまなく歩くほどにあしあとは腐葉土に含まれ、とほうにくれると、しらぬまに袋いっぱいにして帰路を手招くのですから、家は口を開けて迎え入れるようで裏山ごと口腔におさめているのかもしれず、台所で待つひとの手を借りてぬるま湯に塩を入れ、風切状の襞を見せて夥しく浮かぶのを、ひとさし指でおそるおそる、触れているようで触れられない、つんと後ろを秋の雨が香ります。艶やかに濡れた頭のいくつかは食われており、ナイフで削ぎ落とすと枯れた松葉の海に追いだされる、足を蠢かすものらのその先はわかりません。ふやけたものはひかりに透けて、色もぬめりもそのままに、蓋付きの壜でほほえんで、とろり輪郭をなくして飴色そして黄金色へ、このごろいっそう寡黙さを増し、何度も沢を渡り山を登りするうちに足の踏み場なく袋はあふれ、棚に並びきらないほどの壜から漏れたひかりが近所の戸口を気ままに照らすので、泣く泣く裏口は塞いでしまいましたが、いっこうに、行きどまりというわけではありません。

＊液体が気体や固体に触れると表面張力で球状に盛り上がり、触れた対象が、その液体にとって濡れやすい素材の場合に毛管現象を起こす。これは液体の分子が乾いた固体側に引きずられ、重力と無関係に浸透するもので、上下左右のどの方向にも進み、すき

まが狭いほど侵入の度合いは大きい。ランプの芯はその応用で、綿芯に触れたアルコールの表面張力が働いて、繊維に浸みて上昇させる。住宅でも部材同士の接続の具合によっては、溜まった雨水から同じ現象が起きる。

廊下

ときおり長い電話線を引きずって階段下の小部屋にこもるひとは廊下の隔たりを欲し、たわいない会話こそ秘めていたいし、こみいったあれこれならばなおさらのこと、そのまま2階へ緊急避難させてくれる即物的で最短な道を、どんなに頼りにしていることか、ふりかえったとき初めてその際だつ輪郭に足を止め、残された気配に目をこらしても後ろかげでしかなく、電話の声の襞のなか、風通しがよさそうでいて、四方からの沈潜にゆらいでいる、窓を持たないしがなさを、もしもし？　だれもが通り抜けるのにだれのものでもなく、多くを行き来させて主語も述語も持たず、ちょうど胸骨が、やわらかな内部を触れずに守っているように、そこに匿われているのは自分を離れていた時間であることをまだ知らずにいて、もしもし？　ドアを開くと、両岸に浴室や階段下の小部屋を置いて、生け花*など飾られてある玄関のホールまで、小さなひとりの両腕が容易に届く幅の、ボール投げをするのにほどよい短さの、空気はいつもよそよそしく、お風呂の湯気のなごりで木目調の壁に指文字をしるして、届かない声を、ことばを、つなげたまで日をめくり、コート掛けの前で脱ぎ着をする朝な夕な、気持ちを鼓舞したりしずめたり、もしもし？　あくびも伸びも鼻歌も、歩き去ったのちしばらくは羽毛みたいに静謐に浮かんで、それからどこへ、どんなふうにふりつもってゆくのだとしても、ただ信じられているのです。

＊生け花の「花と葉と枝」を「大気を循環させる間仕切り壁、廊下、通路」に喩えるのはロラン・バルト。《稀薄化》の理念にしたがって繊細に位置づけ、全体のすきまのなかに「人はおのれの身体をおしすすめてゆくことができる。その作品を書いた手の行程を、

《読みとる》（その象徴を読みとる）ためではなくて、ふたたびあらたに自身のものとして辿りなおすために」と。自然と分離してある西欧の花束（＝豊饒）と比べ、空間（ヴォリューム）をもつことが特徴だと記す。

あしあと*

あけっぱなしにしてはいけないよ。おっとり繰り返す声に目ざめ、尾羽を持つものや石の陰の素早いものたちで賑わいはじめる、裏山のあしあとほどたしかな証拠を残しながら頭も尾も知れぬものはなく、雪の上に残されたものをたどるうちに夏の草いきれに埋もれ、地下茎で増える粟粒ほどの白い花にうっとり、絡みつかれるなどして這いでてくると、ふたりとも湿っています。

濡れたあしあとを廊下に置いて、あしうらはひんやり押し返されて、息苦しいのは不ぞろいな石のよるべなさ。はだいろ、うぐいす、わかくさいろ、こげちゃにみずいろ、うすももいろ。丸や楕円や角を持たない三角で、たがいのすきまを埋めながら、たまに白斑のたゆたいが水辺の記憶をなびかせます。生まれのことはわかりません。かなしみは物語の耳を陰気に黴びた目地の小径へ、逃げだしたいの？ひとりはすぐさまひかりと溶けあい、湯のなかの湯を摑もうとする手を逃げまわる、昼間のお湯はひとつぶひとつぶ別のもの。ぶんぶん振りまわす手が、あらぶる湯舟を漕ぎまわり、もっともっと摑まえたくて。トカゲ、オオバコ、シロツメクサ、カエルにカナブン、カタツムリ、たくさん蒐めてクマザサの海に隠してきたのに。

うずまき模様のガラスごしに、ひかりは風呂場をぼんやりせばめ、洗面器にお湯をみたすと小さな窓がきらきら遊びはじめます。胸の奥からあわい太陽を掻きだして、遠くにかざせばこんなに近いのでしょう。両手を差し入れ、草の汁に染みた指の腹を、こすってもこすっても褐色の痣に蝕まれてゆく、欠けたタイルの断面のよう。ジャムの空き瓶、牛乳瓶、ヨーグルトの樹脂容器、罅の入ったコップ。透明なものも、あんなに隠してきたのに。逃げだしたいの？

終わりもないので湯を流し、ときおり挟まれたまっくろなタイルを甲虫のように蠢かせ、排水溝に落ちてゆくまで。あけっぱなしにしてはいけないよ。窓は裏山へつづく道に面していますからね。お湯に浸かれば、結んだ髪がゆっくりほどけ、うちがわはそと、そとがわはうち、せなかはおなか、おなかはせなか、顔を赤らめて、手足を沈めて浮きあがり、遠ざけては摑みあう、だんだんやわらかく骨のない生き物になり、だれかが掬いにやってくるまで、しずくの音しかしなくなります。

思いだしたように、廊下に置きっぱなしの虫かごから羽ばたきが起こり、ただいま、ただいま、と玄関の戸は引かれ、靴下を脱いで丸めるひとりとそのまま脱がずにゆくひとり、草の露にしてはとっぷりと浸かったほどに濡れています。風呂場の窓はたしかに閉めてあります。半分は家のはずですが半分は戸外かもしれません。濡れているのは乾いていたことのしるしであって、廊下をつづいている、濡れたあしあとがまだ乾くことはありません。

＊「……地上に限らず、雪や氷や草むらや落葉の上など動物が歩いた跡には必ずしるされるものであるが、これを読みとるには二つの条件がいる。一つは足跡がはっきり残っているかどうかである。（中略）いま一つは、目に見えている足跡がなんという種類の動物のものであり、それがどういう状況であったかを判断し理解することができるかどうかである」（柴田敏隆）。玉石タイルの由来は判然としないが、日本では天然の玉石や玉砂利を、基礎や縁石、敷石、浴場の底などに用いてきた系譜がある。

換気

窓はあいていたのです。吹雪のきれぎれを燦めかせながら青い鳥*は飛びこんできて、猛スピードのまま壁に衝突しては方向を変え、またぶつかることをくりかえすので、逃がしてやりたい一心で布を手に手に窓へ追い立て、けれども雪空へふたたび逃がすことが、よその家のかごを誤って飛びだしてきたであろうナイーブな鳥の死を意味することもわかっています。気がつくと、床の上に落ちています。毛布に横たえると、暗んだインクで表面をざっとひと刷毛された、それはみすぼらしい色のかけら。硬く閉じた奥まで目をこらしても、褪せた象牙の羽の色しか見つかりません。本の小口に付けられた色が、読んでいる最中はうしなわれるように、あざやかな青は目の前を消えています。あのあと鳥をどうしたか。雪の庭に埋めたか、蘇生させたのか、雪のふりしきる朝にどうして窓はあいていて、青はどこへ行ったのか。記憶のページを開いて閉じるうちに糸かがりはほつれ、繋がりそこねてばらけます。冬の屋内ではストーブが燃えさかっていますが、それは大きな煙突と結ばれる居間だけのこと。火の気のない部屋は凍りついて鍵がいらないほどですし、個室に備えられているのは一酸化炭素を発するポータブルストーブ。空気は入れ換えねばなりません。部屋ごとの換気は気分にゆだねられ、そうまでしなくとも、すきまだらけの各所を自然と抜けてゆくのでしょうに、ふりかえる性質のひとはしきりと窓をあけたがります。雪のにおいが混ざりこんで時間は洗われ急転直下、小さな命が死に置き換わったとしても、求められた変化に違いはありません。やがて住まいの気密性が向上すると、計画的な機械換気が不可欠になりますが古い家では計測も計算もなりたたず、台所の換気扇がどれほどやかましく吸い上げても風呂釜の油煙は舞うし、内物置に常備される灯油缶の染みは、鈍色にひたひた這い匂ってきて、ひとつの家でありつづけることは、落丁があってもそれが1冊の本であるようなもの。あの日は海側の部屋にいて、坂を上ってくるいとこたちを待ちあぐねているはずですが、記憶を飛びまわるのは山に面したもうひとりの部屋。ふたつの部屋は繋がっていたとでもいうのでしょうか。気がつくと鳥は床の上に落ちています。

＊青い鳥は空と同じように光の散乱で青く見えるとされていたが、構造色由来とする研究が近年加速。『色彩科学ハンドブック』によると、体表の微細な突起や細孔の規則構造で光を反射、干渉して見せる構造色はクジャクの羽やハトの首もその例。原理には謎も多いが、カワセミなどの金属的な青に、重層的で複雑な羽の構造が関わることの解明は進む。一般的な発色は色素由来で、特定の色の光を色素分子が吸収、それ以外の色を見せる。構造色は発色にエネルギーを用いず、構造が壊れない限り褪せない。

たてまし*

家は思想のやどりであって、たてましのたびにかたちをうしなってゆくばあい、すでに流浪の旅にあると見てとれます。たとえ別れを惜しんで、柱をいだき壁をなでさすりしても、一見して合理的な思考回路によって三角の屋根でさまよいをはじめ、矩形や台形のすがたを増やし、分裂したり融合したり、そのころには住み手を離れ、アンバランスな両翼で羽ばたいています。

たてましは、ひとの増減によるところも多いけれどおおむね生活の不便や窮屈を補うために、奥の奥の、さらに奥に畳が敷かれ、2階を乗せて、壁だったところに窓、窓だった場所が階段になり、階段を上って白いドアを開くといきなり空がはじまるなど、サイズも動線も規定をはぐれ、入口の手前に透明な入口を設けると、気密性の上で有効であったのでさらにもうひとつ透明な入口がつくられ、本来の玄関にたどりつく前にあらかたの用事は済んでしまい、やがて玄関さえ無用になってもともとの家となんらかのかたちで接続性をもつようで折り合いをもたずに、越境の限りをつくすのが、たてまし、だとすると古きよき時代の慣習なのでしょうか。

住人のなかには、空想の渡り廊下を通って鍵のない自室にこもる者も出てきます。不在のときでも出入り自由ですが領域は保たれ、いわゆる「はなれ」であるために、卵形の窓から家の断面が舞台セットのようにみえています。あるひとが蛍光管を変えようとして椅子から落ちる昼下がり、居間のテーブルでは訪問販売の指輪売りがアタッシュケースを恭しく開いています。そうとは知らずに、長電話をしながらいたずらにまわされるボールペンは、ソファーに寝そべる太い眉をなぞって待ち合わせの時間を書き換え、線の時代なので、停電もよく起きるものです。場当たり的に増えた引き出しから蠟燭を探し、ようやく灯されたと思えばあっけなく点り、アンペアが不足しがちなのも落とし穴。雨が降ればみんな似たような雨音を聞いて、着色された水のなかで同じ色に染まるようにたがいに沁みるうちに、何人かが増え何人か減っても気にはしません。複雑な形状の家ほど、雨漏りすが漏りひび割れのリスクが高く、繋いだ部分のすきまがひろがったり縮んだりすることこそ点検すべき点です。風のことは風にきくようにしなさい。縁の下から声がしても、屋根裏に届く前に次のたてましは決まってしまい、まるでたてましを追いかけて今をたてましているみたいな自転車操業に、きりきりまいの日々。

そんなときです、妹というものになってみたいと思うのは。渡り廊下で夢想するのはどこか万能な妹で、兄のせなかに隠れているようで原初的な問いの手綱を握り、危険なことには目端が利くので要所で的確な判断をくだし、なおかつ理屈にならない駄々をこねられる、そんな妹が欲しいのではなく、そんな妹で自分があれば家の失踪を杞憂することもないのにと、荒唐無稽なたてましの家の、部屋と部屋のあいだに綱を張って渡るようなことばかり考えているのです。ないものねだり。それもまたたてましの欲求のひとつかもしれず、かたちをうしなうとみせかけて、よりいっそう執拗に、実はかたちに執着する家の尖端が、こうしてまたたてまされてゆきます。

＊「構造―重力…時間」「設備―環境…空間」「意匠―表層（表象）…情報」。内藤廣は、建築にとって重要な3つの要素が向き合って担うものの対象化を試み、構造は重力に抵抗して時間と関わるという。「もし、建物が時間を経て死に向かうとすれば、まず「意匠」

がはがれ落ち、「設備」が破綻し、そして廃墟としての「構造」が残るだろう」。さて、たてましは既存の建物の同一棟内で床面積を増す行為。地震時に接続部分から狂いが起きやすいのは、新旧建築部分での構造の違いにも起因するという。

永久

ガラス製の鳥は赤や青のシルクハットをかぶり、お尻に緑の羽が1枚。コップの水を飲んでは顔を上げ、何度かゆれてまた飲んで、フェルトで覆われた頭部が濡れては乾く、その気化熱がはたらいて、色の付いたエーテルがガラスのなかを行ったり来たりするのです。それは新しい時間であり、重心の下がった水飲み鳥は、部屋の全景をみるでしょうが、乾いた頭はすぐコップに向かい、いつまでも。永久機関と呼ばれたころに永久はあると信じられ、どこかの窓でお皿を洗う母親の声が遠ざかっては近づいて、夕餉は必ずやって来ますから、永久とは1日のこと。伸び縮みする？　残飯が堆肥となるような？　山あいの住宅地には鶏や豚を飼う家もあって、常温で30日保存可能な生まれたての卵を抱いておつかいを終えると、胸にひなたが宿って自分も卵のひとつ。わたくしも卵であることに間違いないのです、とその家のあの子はコップの水を飲みます。産毛のこびりついた殻を割ると羽ばたきのかたちが波の途上にあり、卵のなかは海でした。目の見えぬまま溺れ死んだ子は、しらぬまにだれかの手で葬られます。けっして生臭くはないのですよ、ただ夕暮れに濡れているだけで。ＤＫ形式のキッチンでは流しと作業台とコンロが一列に並び、上部には窓と換気扇と、あかずの吊り戸棚。卵料理を好む家で、卵は割られつづけます。永久機関というなら台所*こそ。盲信されたに違いなく、オレンジ色したプラスチックのボウルを押さえてほぐすその手は高速で増え、牛乳や粉を加えてフライパンに流しこむなどするうち二の腕はみるみるふくよかに。ほとほとうんざり。逞しくなった指がそう語ります。永久は太り、増幅します。プラスチックは腐敗しません。忘れたいものを忘れさせず、ひとりでは成り立たない永久は永久を強います。家族はたいてい永久が好き。水を飲みほして顔を上げ、卵を割る手が目に入っても耳は聞こえないふり。ダイニングとは正餐をとる場所で、使い方を会得しないわたくしたちは人生ゲームを終えるとすぐ居間に移ってしまいます。ある程度育ったあの子は記憶のパズルに食卓と椅子の細部を嵌めてみますが、接触不良のブラウン管テレビみたいに横縞が入ります。増えたり減ったりときおり消されたりするダイニングキッチンは波打ちぎわ。食卓にはとりあえず何でも置かれます。水飲み鳥も。けれど、最期はだれの記憶にもありません。可燃性のあるエーテルに火がついたわけもなく、代わりに葬った手のことを覚えていないだけなのです。燃えるゴミも燃えないゴミもない時代、永久は成立しましたが、コップの水が蒸発すれば鳥は動きやむのですから、本当の永久ではなかったのです。ひとり減りふたり減りしてだれもいなくなったところにわたくしの定位置はあります。そう語るあの子たちこそ永久です。産んだ卵であらゆる事物を包んでオムライスを作り、今ごろになってお腹のなかに声をかけます。永久をありがとう。永久はこたえます。鳥の帽子は赤、エーテルは青でしたよ。そうして水をひとくち飲んで、新しい世界です。いつになっても平場が足りない流し台では盛り付けるという作業が成り立たず、くるり、ふりむいて食卓の上で。つまりは台所のぜんぶが仮の置き場というわけです。

＊世界初のプラスチックは天然由来のセルロイド。象牙の代替としてビリヤードボール用に開発、汎用されたが発火性など難点もあった。その後、主に原油由来の安価で多様なプラスチックが開発され、成形が自在で軽い点などからあらゆる用途に活用、住宅建材にも幅広く使われているが環境への課題は残る。ロラン・バルトはプラスチックを「無限の変形という観念そのもの」とする。「初めて、技巧が珍しさではなく平凡さを目標としているのだ」。

オープンハウス

玄関チャイム*が響きます。階段を駆け下りてゆくうちに踏み外し、滑って落ちると古くなつかしい家です。立っているのは近くに住むともだち。手にしていた白いトランクを幾何模様の玄関マットの上に置いて、留め具を外して開きます。「オープンハウスの日に来られなかったけれど、思ったとおりすてきな家ね」。見たことのない床や天井だけどやっぱりここは親しんだ家。「近ごろのハウスは両開きが主流。向こうが新しくたてまされた翼というわけか」。ともだちがベランダの部屋へ行ってしまうと、どこからか犬が吠えます。空けているうちに棲みついたのか、犬を飼っていたことをうっかり忘れ、家といっしょに置いてきたのか、かわいそうに、餌をやっていませんでした。不安になって見まわせば、階段を廻りこんだところに、生きている白いかげ。上りはじめるのでほっとして追いかけます。

年季の入ったモップみたいにずるずる、煤も埃も蜘蛛の巣もきれいにしながら行くと、半びらきのドアの向こうにあたたかい影。合板の白いドアは手ごたえなく開き、なかに入ると、あかるい部屋のまんなかでリクライニングチェアに寛ぐひと、オットマンに足を乗せています。犬は尻尾をふっています。胸元にとび乗ります。押しつぶしそうな勢い。笑っています。声にだして呼んでみます。どうした、どうした、と笑っています。はしゃいで顔を舐められて、せわしなく動くやわらかな舌がくすぐったい。もっと大きく呼んでみます。かんだかい声が喉の奥をこぼれ、キャウンとキャのまじった息で舐めつづけます。髭のざらざらが舌にふれ、濡れた鼻先が頬にふれ、琥珀がかった水晶体から澄んだ青みが放たれるといろんなものがこぼれてくる、ただの毛むくじゃらになって顔すりよせて。もっと声をだして呼びます。いつしか季節は夏に帰って足もとを浸してくる、ひろやかで重たい磯のにおいにつよい陽も射して、沖の岩場からもどってきたのでしょう、髪をぺたりと濡らしたまま、短パンとTシャツ姿になって休んでいます。触ってみます。かゆかったかさかさの足が筋肉質によみがえり、うるおってすべすべ笑いながらじゃれて抱きかかえそうなみぶり。けだるい午後もこぼれ、ほつれそうなもしゃもしゃの毛をはみでてくる、耳も前足も尻尾だって、まるごと腕をひろげ、ゆられなだめられる後ろ姿のまま、ゆすりゆすられるうちに声はいつのまにか風に変わり、ほの暗い部屋で玄関チャイムが鳴っています。オープンハウスがはじまるのはきっとこれから。

＊「室内などの閉空間で音を出すと、それを止めた後にも響きが残る。これを残響といい、音源から放射された音が壁、天井、床などで何度も反射を繰り返しながら徐々に減衰するために生ずる」

（橘秀樹）。その程度は残響時間で表わされ、室容積、建材や家具、人間の吸音率（力）から計算も可能という。「ピンポン」の2音で来訪を告げる玄関チャイムもその家だけの残響を持つ。現在は電子音が一般的だが、かつては長短の金属片をバネで打つ電磁誘導式が多く、天井付近設置の音響発生部から澄んだ音色を響かせた。

（引用・参考）

『図解　すまいの寸法・計画事典』第二版　岩井一幸・奥田宗幸　彰国社　2004

『生きられた家』多木浩二　岩波書店　2001

〔AGC Glass Plaza〕ガラスの豆知識「光―1　採光と明るさ、季節と窓」（2020.08.22）
https://www.asahiglassplaza.net/knowledge/rg_knowledge/vol15/

『表徴の帝国』ロラン・バルト／宗左近　訳　筑摩書房　2016

『建築大辞典』第2版　彰国社　1993

『建築のちから』内藤廣　王国社　2014

『リカちゃん　生まれます』小島康宏　集英社クリエイティブ　2017

『空間の詩学』ガストン・バシュラール／岩村行雄　訳　筑摩書房　2018

『私と日本建築』A・レーモンド　鹿島出版会　1983

〔姫野ばら園　八ヶ岳農場〕（2020.08.22）
https://himenobaraen.jp/

〈国土交通省　土地・建設産業〉「宅地供給・ニュータウン」(2020.08.22)
https://www.mlit.go.jp/totikensangyo/totikensangyo_tk2_000065.html

『図解　建築・大工用語ノート』新装版　佐藤守男　井上書院　2011

『ベンヤミン・コレクション③記憶への旅』ヴァルター・ベンヤミン／浅井健二郎 編訳・久保哲司 訳　筑摩書房　2019

『世界大百科事典』「あしあと」柴田敏隆　平凡社　2007（改訂新版）

『新編 色彩科学ハンドブック　第3版』日本色彩学会 編　東京大学出版会　2011

『内藤廣の頭と手』内藤廣　彰国社　2013

『ロラン・バルト著作集3　現代社会の神話』ロラン・バルト／下澤和義 訳　みすず書房　2005

『世界大百科事典』「ざんきょう」橘秀樹　平凡社　2007（改訂新版）

＊巻頭に『青い鳥』（メーテルリンク、堀口大學訳）、「窓辺だけの部屋」にエミリー・ディキンソン *The complete poems of Emily Dickinson* からの引用がある。

ドールハウス

著　者　海東《かいとう》セラ
発行者　小田久郎
発行所　株式会社思潮社
〒一六二―〇八四二　東京都新宿区市谷砂土原町三―十五
電　話　〇三―五八〇五―七五〇一（営業）
　　　　〇三―三二六七―八一四一（編集）
印刷所　創栄図書印刷株式会社
発行日　二〇二〇年十一月三十日